AMBROSIUS
AVARUUDESSA

MAARIA LAIHO

Kustantaja: BoD · Books on Demand, Mannerheimintie 12 B,
00100 Helsinki, bod@bod.fi
Kirjapaino: Libri Plureos GmbH, Friedensallee 273,
22763 Hampuri, Saksa
ISBN: 978-952-80-8412-9

Taitto: Timo Heikkinen
Kannen kuva: Maaria Laiho, Timo Heikkinen
Kuva sivu 35: Maaria Laiho
Kuva sivu 74: Risto Kajo
Kuvat sivu 75: Maaria Laiho

JOHDANTO

Oli vuosi 2070 ja planeetalla Maa elettiin vaiherikkaita aikoja. Maassa asuvien ihmisten teknologia oli kehittynyt vinhaa vauhtia ja maiden välinen kilpailu oli kovaa. Kiinnostus avaruutta kohtaan oli suuri ja haluttiin rakentaa uusia aluksia, joilla sinne olisi turvallisesti päästy. Ihmiset tahtoivat vieraille planeetoille tutkimaan, kenties valloittamaan niitä ja ehkä jopa asuttamaan sopivan tuntuisen paikan, koska luonnonvarat Maassa olivat kovasti ehtymään päin ja ihmisiä oli liikaa asuinpaikkansa kokoon nähden. Heitä kiinnosti tutustua nimenomaan elinkelpoisiin planeettoihin ja niiden mahdollisiin, toivon mukaan suopeisiin asukkaisiin. Yhteistyö paikallisten asukkaiden kanssa oli ihmisten mielestä kiinnostava ajatus, eikä sitä osattu pelätä. Nyt eräs pohjoinen valtio nimeltä Suomi oli noussut kehityksensä huipulle ja se oli hyvin kunnianhimoinen oman projektinsa suhteen. *Projekti Achatius* oli suuri rahoituskohde, avaruusalus, jonka tarkoitus oli lennättää astronautit uudelle vieraalle planeetalle, jolle annettiin nimeksi Achatius. Se oli Maata hieman pienempi planeetta kaukana ulkoavaruudessa. Se oltiin löydetty viisi vuotta sitten Suomessa ja sitä oltiin alettu oitis tutkimaan syvemmin. Kävi ilmi, että Achatiuksessa saattoi olla ihmisen hengitettävää ilmaa, mikä tietysti lisäsi entuudestaan kiivasta keskustelua aiheesta. Toivo uudesta superplaneetasta kasvoi ja kasvoi ja odotukset sen kuin nousivat. Ihmiset olivat hilpein mielin ja jaksoivat puhua aiheesta aina vain lisää. Se oli ruokapöytien loputon keskustelunaihe ja tämän pienen kansan, Suomen, ylpeyden ja itsetunnon lähde.

Avaruusalus Achatius sijaitsi Suomen pohjoispuolella Sodankylässä, joka sijaitsi aivan keskellä Lappia. Sinne oltiin rakennettu iso tukikohta, jossa tutkijat, tiedemiehet, astronautit ja sotilaat asuivat omissa pienissä yksiöissään ja he jakoivat ison vehreän oleskelutilan, jossa oli paljon kasveja ja kukkia, vesiputous, valkomustat lattialaatat ja yksi kissa, josta kuulemme lisää myöhemmin. Se ei ollutkaan ihan mikä tahansa kissa, vaan tuleva seikkailija.

Koko Suomen avaruushanke oli huippusalainen ja tavoitteena oli päästä Achatiukselle tutkimaan paikkoja. Tulevat astronautit oli koulutettu hallitsemaan alustaan kaikissa mahdollisissa tilanteissa ja he myös pitivät huolta kunnostaan syömällä oikein ja juoksemalla ja nostelemalla painoja joka päivä. Astronauteista kaksi oli sotilaita, yksi tutkija ja kaksi yleismiestä. Kuri oli kova kaikilla. Eritoten sotilaat keskittyivät hyvään fysiikkaan ja turvallisuuteen. Achatiukselle oltiin lähettämässä kaksi naista ja kolme miestä. Aida oli hankkeen tutkija, Ben ja Frans sotilaita ja Hans ja Sara yleishenkilöitä, jotka olivat näppäriä vähän kaikessa. Lisäksi Ambrosius-kissa sai lähteä mukaan. Se oli oranssi kotikissa, maatiainen ja sillä oli valkoiset tassut, valkoinen kuono ja valkoinen hännänpää. Se oli älykäs, kiltti ja empaattinen nuori kolli ja hankkeen tutkija tahtoi sen ottaa mukaan. Eihän sitä tiennyt, jos tämä kissa kommunikoisi mahdollisten asukkaiden kanssa paremmin kuin ihmiset. Kissassa on paljolti potentiaalia, sellaista mitä ei ihan heti tule ajatelleeksi. Se ei ole ahne ja itsekäs, ei ainakaan niinkuin ihmiset. Aida, tutkija, näki tässä paljon tärkeitä asioita ja sai perusteltua kissan ottamisen mukaan matkalle ja niin Ambrosius-kissan elämästä oli tulossa aivan erilainen kuin lajitovereidensa. Mihin vielä veisikään tämä seikkailu. Noh, asia kerrallaan eteenpäin. En voi kertoa kaikkea heti.

ENSIMMÄINEN
LUKU

Oli lauantai 31.5.2070. Lokaatio: Sodankylä, Suomi. Projekti Achatiuksen tutkija Aida Lappalainen nukkui kotonaan omakotitalossa ja hänen vierellään nukkuivat mies Sakari ja viisivuotias tytär Kaisa. Aidalla oli yllään musta toppi ja mustat, väljät housut. Hänen hiuksensa olivat lyhyet ja vaaleat ja hänen olemuksensa oli ehkä hitusen poikamainen. Yht'äkkiä hopeinen iso herätyskello alkoi soida ja Aida vaiensi sen. Tytär oli nukahtanut äitinsä syliin eikä herännyt edes kellon soittoon. Mies ynähti hieman, mutta vaihtoi vain puolta. Aida katsoi rannekelloaan, jonka viisarit osoittivat juuri ja juuri kello kuutta aamulla ja hän tiesi vain yhden asian: Oli lähdettävä. Oli jätettävä koti, jonne hän oli päässyt poikkeuksellisesti nyt kun lähtö oli lähellä. Hänellä oli alle tunti aikaa palata avaruusalukselle leiriin. Haikeana hän yhä katseli katossa olevia paksuja hirsiä ja sitten rakkaitaan ja kesti pienen tovin, ennen kuin hän pääsi ylös sängystä herättämättä muita. Hän antoi suukon lapselleen ja kuiskasi hiljaa "Nuku vain" ja hänen mielensä oli synkkä. Hän joutui jättämään rakkaansa tietämättä palaisiko enää koskaan takaisin. Tietenkään hän ei ollut asiaa sillä tavalla esiin tuonut, vaan hän oli rohkaissut perhettään ajattelemaan ja odottamaan valoisasti jälleennäkemistä. Vaikkei hänellä ollut lainkaan tietoa siitä, onnistuisiko matka. Onnistuisiko ylipäätään edes lähtölaukaus.

Aida puki verryttelyvaatteet päälleen ja pakkasi reppunsa. Mukaan hän otti medaljongin, jossa oli hänen rakkaittensa kuvat. Yöpöydälle Aida jätti paperilapun, johon hän oli lyijykynällä kirjoittanut viestin "Ilo edellä, murheet takana" ja sitten hän lähti päättäväisesti ja peräänsä katsomatta vaaleanpunaisesta isosta talosta.

Aidan välit mieheensä Sakariin olivat olleet kauan viileät. He vain elivät arkea vailla intohimoa. Heillä ei ollut läheisyyttä, jota Aida olisi kaivannut. Mutta Aida välitti miehestään silti ja rakasti tätä kaikesta huolimatta.

Perillä Sodankylän avaruusaluskeskuksessa Aida käveli sisään vartioidusta panssariovesta, vilautti ID-korttiaan lukijalle ja jatkoi suuren salin läpi, joka oli täynnä työntekijöitä ja jonka lattialaatat oli pesty kiiltäviksi. Hän tervehti kaikkia tuntemiaan henkilöitä, mukaan lukien siivoojaa. Hän meni huoneeseensa. Muut matkaan lähtijät olivat jo perillä: Hans, Ben, Sara ja Frans. Tunnelma oli outo, hieman jännittynyt. Miksi? Koska he tiesivät mikä heitä odotti, ainakin sinne päin. Heidän alitajuntansa oli vahva ja se tiesi, että matka saattoi jäädä viimeiseksi.

- No, joko tuntuu mahanpohjassa, kysyi Frans hieman kujeillen kaikilta.

He olivat kokoontuneet Aidan huoneen oven ympärille juoruamaan ja vertailemaan tunnelmia. Frans jäyti purukumia kuten aina ja nojaili oven pieluksiin. Kaikilla oli päällä tummat armeijan vaatteet, jotka he olivat saaneet paikan päältä. Ben pesi hampaitaan harjalla suu vaahdossa, mutta vaikutti silti olevan erittäin keskittynyt.

- Kyllä tuntuu, en niinkään pidä itse lähdöstä, vastasi Sara.

- Mitäpä sinä lähdöstä tiedät, eikä me kukaan, sanoi Frans.

- No ei sillä, mutta en vain pidä ajatuksesta kun tiedän kaikki ne siihen liittyvät riskit, Sara jatkoi.

- No joo, mutta kuule kaikki on kyllä yhtä arvausta vain, koska eteen saattaa tulla aivan uusiakin vaaroja, syteen tai saveen, kuollaan tai sitten ei. Turha edes miettiä. Mutta tsemppiä vaan itse kullekin, sitä tarvitaan! Frans paahtoi ja kaikki poistuivat omiin huoneisiinsa kun äänimerkki kajahti ilmaan ja sanoi naisen äänellä "Lähtöön 30 minuuttia".

Syntyi yht'äkkinen kiire ja häsellys. Äänimerkki toisti itseään aina tietyn väliajoin ja sen minuuttilukema muuttui pienemmäksi ja pienemmäksi. Mutta kymmenessä minuutissa olivat kaikki jonossa matkalla avaruusalus Achatiukselle, tuolle kuuluisalle ihmisten toivolle. Asiaankuuluvat avaruuspuvut yllään he menivät portaat ylös ja pitkää läpinäkyvää putkea pitkin jonkin matkaa ja sitten metallisia vohveliportaita pitkin alas ja siitä edelleen avaruusaluksen ohjaamoon vievää käytävää pitkin, jossa oli heiluvat seinämät ja joka muuttui lievästä ylämäestä jälleen portaiksi. Ambrosius-kissalla oli avaruuteen suunniteltu kuljetuslaatikko. Nyt he olivat ulkoilmassa ja aurinko paistoi kauniisti ja lämpimänä heidän olkapäilleen. Aida oli ottanut kantaakseen kissan ja se maukui kovaäänisesti. Alhaalla jossain he näkivät lehdistön pieninä pisteinä ottamassa kuvia, sen salamavalot räpsyivät vinhaan tahtiin ja he huusivat jotain, mutta se ei kuulunut. Tätä pientä vaimeaa ääntä lukuun ottamatta oli rauhallista ja jotenkin seesteistä. Kuin aika olisi pysähtynyt. Nyt Frans, sotilas, saapui aluksen ovelle ja sanoi "Hyvästi" ja käveli ovesta sisään. Häntä seurasivat tutkija Aida ja Ambrosius-kissa, yleismiehet Hans ja Sara ja sotilas Ben. Siinä järjestyksessä nämä astronautit myös asettuivat hienon valkoisen avaruusaluksen ohjaamoon istumaan kuten heidät oli opetettu. Alus oli suippo ja sen kärki terävä ja sen kyljessä oli iso Suomen siniristilippu ja teksti Achatius. Nyt se oli viimein tapahtumassa. Lähtö oli käsillä ja Aida piti kiinni kaulassaan olevasta medaljongista. Avaruusaluksessa miehistö sai yhteyden avaruuskeskuksen ohjaajiin ja heille kerrottiin lähtölaskennan alkavan tuota pikaa. Heille toivotettiin runsain mitoin onnea ja pitkää ikää.

- Lähtölaskenta alkaa pian! Onko siellä kaikki kunnossa? Oletteko kaikki kiinni ja olo hyvä? Onko kissa mukana? kyseltiin asemalta.

- Kaikki hyvin, vastasi Ben, joka istui vasemmalla reunassa. - Se kissa on Aidan vieressä maassa.

- Selvä, lähtölaskenta alkaa.

Ja niin he valmistautuivat lähtöön, kukin omalla tavallaan. Jännitys oli suunnaton, vaikka tämä olikin vasta matkan ensimmäinen etappi. Aida piti silmiään kiinni, Sara irvisti kasvojaan ja Hans katsoi lamaantuneena suoraan eteen. Frans vihelteli ylimielisesti kuin ei mitään olisi tapahtumassa ja Ben tarkkaili koko ajan kalustoa ja mahdollisia vikoja.

- Kymmenen, yhdeksän, kahdeksan, seitsemän, kuusi, viisi, neljä, kolme, kaksi, yksi...

- Paska! huusi Hans yhä kalman kalpeana. Kauhea meteli alkoi ja rytinä kun alus irtaantui kannattimistaan ja alkoi nousta. Alus tärisi ja rytkyi aivan vimmatusti ja tuntui kuin se olisi hajonnut. Ambrosius-kissa oli läpinäkyvässä, kupolimaisessa pyöreässä laatikossaan kuin mikäkin karvapallo, se oli pörhistänyt kaikki karvansa niin että näytti jättikokoiselta ja sen silmät olivat suuret, pyöreät ja pelästyneet. Se ei todellakaan tiennyt mitä tapahtui. Sen osa oli siksi hieman epäreilu. Toisaalta myös etuoikeutettu. Mutta alus nousi kuin nousikin ilmaan ja maa sen alla kävi yhä kaukaisemmaksi ja kaukaisemmaksi. Ihmiset katselivat ihmeissään maan kamaralla näkemäänsä ja hurrasivat ja vihelsivät kuin voitonmerkiksi. Oli suuri, suuri asia ihmisille, että alus onnistui nousemaan ylös taivaalle ja häviämään sitten. Vasta korkealla jonkin ajan päästä miehistö rentoutui ja rupesi huutamaan ja nauramaan ja he kokivat suuren onnistumisen hetken.

- Jee! Me teimme sen! Jes! Jes! Jes! huusi Frans iloiten. - Tajuatteko! Me tehtiin se! Täältä tullaan, Achatius!

- No joo, kyllä me se tehtiin. Hyvä me! yhtyi Hans ja koko muu remmi.

Aluksen radioyhteys toimi ja onnitteluita tuli Maan tukikohdasta. - Onnea teille! Onnistuitte! huusi mies-yhteyshenkilö kaiuttimeen. - Nyt teidän matkanne vasta alkoikin! Pitäkää meille koko ajan kanava avoinna ja kertokaa missä menette ja mitä tapahtuu.

- Kiitos kehuista, täällä kaikki on hyvin, suuntaamme kohti Achatiusta käyttämällä suurinta nopeutta, vastasi Ben, jota lähinnä lähetin oli. Benillä oli tummanruskeat, lyhyet hiukset ja hän oli vahva ja raamikas. Hänen silmänsä olivat kirkkaan siniset ja ne tuikkivat kuin tähdet. Hän oli aina lempeä, neutraali ja ystävällinen ja mieluusti avuksi kun sitä tarvittiin. Hän oli kaikinpuolin reilu mies.

Alus saapui mustaan avaruuteen ja eteni määrätietoisesti yhä syvemmälle pimeyteen. Kun he olivat irtaantuneet tarpeeksi Maasta ja sen aiheuttaman painovoiman vaikutuksesta he saavuttivat tyhjyyden, missä ei ollut planeettoja lähimain ja he päättivät leikkiä painovoimattomuudella nyt kun siihen oli mahdollisuus. He irrottivat itsensä ja leijuivat ohjaamossa iloiten kuin lapset, he olivat yhä innoissaan saavutuksistaan. Ben näytti, miten coca cola leijui ilmassa ja se oli kaikista varsin hauskaa. Ambrosius-kissa sai myös leijua ja se näytti varsin pelokkaalta ja pöllämystyneeltä.

— Katsokaa Ambrosiusta, sehän nauttii menosta! sanoi Ben.

— Se ei edes tiedä, missä on tai minne olemme menossa, sanoi Sara. — Siksi minun käy sitä sääliksi. Saralla oli pitkät tummat hiukset ja tummanruskeat silmät ja hän oli kaunis, hoikka ja naisellisen, mutta luonteeltaan armottoman jääräpäinen ja todellinen yllytyshullu. Ambrosius laitettiin takaisin koppaansa.

— Kukkuu, kis kis, Sara koputteli Ambrosiuksen avaruuslaatikon kylkeen.

Kissa vain tuijotti ja vaihtoi kylkeä.

— Mikä on Ambrosiuksen rooli avaruudessa, jos saa kysyä? kysyi Sara.

- Sitä ei vielä tiedä, mitä kaikkea hyötyä siitä tulee olemaan. Se jää nähtäväksi. Mutta kissat ovat hyvin ovelia, viekkaita ja kekseliäitä, sanoi Aida.

- Mitä on seuraavaksi luvassa? kysyi Hans, punapartainen -ja hiuksinen, kohtelias ja joskus hieman arka, juuriltaan irlantilainen mies, joskin hän puhui vain suomea. - Minulla alkaa olla nälkä! Milloin syödään?

- No ei nyt ihan vielä, katsotaan vähän myöhemmin, sanoi Aida maltillisesti.

- Mennään takaisin paikoillemme ja pistetään vauhtia tähän masiinaan! huusi Ben. - Minä tahdon kyllä tälle matkalle mutta minä tahdon myös täältä pois!

- Mitä sinä siinä hosut. Me kuolemme tänne, sanoi Frans, ikuinen vitsiniekka. - Turhaan sinä siinä paluusta puhut, voit jättää hyvästit tälle kaikelle. Toivossa on hyvä elää mutta totuus se vasta valaisee!

Kukaan ei vastannut mitään Fransin kommenteille ja niin matkustamo jatkoi hiljaa matkaansa pimeydessä ja kylmyydessä, jossa he eivät olisi selviytyneet ilman avaruuspukujaan. Ambrosius kytkettiin aina omalle paikalleen alustalle. Maahan pidettiin puheyhteys, vaikka lähetin pätki välillä pahasti.

Avaruus oli pelottava, yksinäinen ja synkkä. Ei ketään missään, oli vain mustaa tyhjyyttä silmänkantamattomiin. Onneksi avaruusaluksen kartta toimi moitteettomasti ja piti matkustajat kurssissa. Mutta tuntematon oli tie. Lokaatio oli selvä, mutta mitään muuta tietoa planeetasta ei ollut. Kaikki oli yhtä suurta mysteeriä. Sekin oli otaksuma, että jotkut ennustivat planeetalla olevan happea ja kenties samankaltaiset olot kuin Maassa. Mistään ei oltu varmoja, ei sinne päinkään. Epätietoisuus oli tunne, johon piti tottua. Sitä ei pakoon päässyt. Myös yksinäisyys oli käsinkosketeltavaa, sillä vaikka heillä oli toisensa, he olivat jo hyvin, hyvin kaukana omasta kodistaan. Kaukana vihreistä niityistä, merestä, ruoan tuoksusta, ystävistä. Takaraivoissaan vain pelko ja epäilys, joita vastaan kukin parhaansa mukaan yritti taistella. Tuntui siltä, kuin Ambrosius-kissa olisi ollut ainoa, joka kehräsi tyytyväisenä eikä näyttänyt enää välittävän mistään. Sen rentous toi myös miehistölle tiettyä kaivattua rauhaa. Se oli siunaus.

Jonkin ajan päästä kaikille tuli vähintään yhtä nälkä kuin Hansille ja he söivät ensimmäisen ateriansa avaruudessa. Muonitus ei ollut aivan sitä mihin he olivat tottuneet, mutta siihen he olivat varautuneet kyllä. Kurssi oli yhä kohti tuntematonta mutta nyt ainakin vatsat täynnä ja kylläisinä he jatkoivat pitkää matkaansa ja seikkailua.

TOINEN LUKU

He olivat matkustaneet aluksella jo loputtoman kauan. Päivät matelivat hitaasti ja he pitivät Maahan jatkuvasti yhteyttä lähettämällä tilannekatsauksia. Ben vastasi puheesta, koska lähetin oli häntä lähinnä ja hän oli omaksunut tämän roolin hyvin. Ambrosiuksesta oli tullut kaikkien kissa, mutta eniten siihen oli ihastunut Aida, tutkija. Hänen ja kissan välinen ystävyys oli alkanut muuntua syvemmäksi. Se oli välittämistä, jota Maassa kutsuttiin rakkaudeksi. Aida piti kissan mukana oloa tärkeänä tutkimuksen kannalta ja oli varma, että tälle oli luvassa oma roolinsa tässä seikkailussa. Mutta hän ei vielä tiennyt, mikä se oli.

Tunnelma oli verkkainen ja aikaa kulutettiin milloin vitsaillen ja nauraen, milloin hiljaa ollen ja kaikki ikään kuin omissa maailmoissaan. Frans, joukon irvisuu, jaksoi pitää kiinni linjastaan ja nälvi muille minkä jaksoi. Aika tuntui pysähtyvän kun alus lipui yhä syvemmälle ja syvemmälle kohti tuntematonta. Aluksella oltiin aktiivisesi yhteydessä Maahan ja aluksen toimintakykyä seurattiin. Mitään ei saanut jättää huomiotta. Jokainen varomerkki piti pistää merkille ja niihin piti puuttua. Välillä laitteisto piippasi ja ilmoitti viasta. Maltillinen Ben oli miehistön paras korjaaja ja hän sai mennä edeltä kun jotakin vikaa ilmeni ja hän sai kuin saikin aina kaiken korjattua. Aika kului ja he olivat matkanneet jo kolme kuukautta. Pian heidän edessään kuitenkin näkyi planeetta. Valkoinen, Maata pienempi planeetta, joka pyöri hitaasti ympäri. Joukko astronautteja heräsi syvästä horroksestaan melko pian huomattuaan sijaintinsa.

- Katsokaa! Olemme perillä! huusi Sara ja osoitti eteensä kohti avaruutta, jonka keskellä näkyi nyt ihka oikea planeetta. - Vaalea pikku planeettamme! Siinä se nyt on, kaunis ja puhtoinen.

- Puhtoinen?! tivasi Frans. - Puhtoisesta en todellakaan tiedä mutta siinä olet oikeassa, planeetta se on. Ei muuta kuin eväät mukaan ja retkelle. Kuka menee ensimmäisenä?

- Se on hieno pallo, sanoi Aida. Meidän täytyy alkaa valmistautumaan laskeutumista varten. Ben, ilmoita Maahan tilanteesta.

- Selvä, sanoi Ben ja lähetti Maahan viestiä. Alus lipui lähemmäs vierasta planeettaa ja sen miehistö valmistautui. Laskeutuminen saatiin käynnistettyä ja monen tunnin kuluttua oli alus laskeutunut planeetta Achatiukselle, joksi ihmiset sen olivat nimenneet. Planeetta oli osittain sumun peitossa ja sen pinta oli tumman harmaa ja täynnä jonkinlaisia kallioita. Vettä oli vain yhdessä kohtaa planeettaa järven kaltaisella vesialueella.

Astronautit astelivat ulos pysähtyneestä aluksesta ja kävelivät kuten olisivat kävelleet Maassa. Ambrosius-kissa kulkeutui Aidan mukana kantokopassa jonon hännillä. Sara mittasi ilmasta, että se on hengitettävää ja että lämpötila oli viisiasteista ja niin he ottivat kypärät pois päästään varovasti. Kaikki pystyivät hengittämään, kävelemään ja juoksemaan normaalisti. Mutta maa oli harmaata, kivikkoista ja yksipuolista. Siinä ei kasvanut mitään ja kivien ja kallioiden päällä kiemurteli outoja, valkoisen läpikuultavia hohtavia juuria, joita oli tiheään toistensa ympärille kietoutuneina ja jotka jatkuivat silmän kantamattomiin ja joka suuntaan. Niiden sisällä tuikki miljoonia valoja, jotka lepattivat kuin tulen liekki. Kävellessään he menivät myös näiden juurten ylitse.

- Katsokaa noita juuria! huusi Aida. - Niistä hohtaa jonkinlainen valo.
- Varo, ne syövät sinut ja jälkiruoaksi Ambrosiuksen, heitti Frans.
- Älä viitsi vitsailla nyt! vastasi Aida ja piti tiukemmin kiinni kissankuljetuskopasta. - Minä kokeilen päästää kissan ulos kopasta.

Ja kissa pääsi valjaissa ulos astelemaan planeetan pintaa pitkin. Se oli hetken aivan liikkumatta paikallaan ja tuijotti hölmistyneenä eteensä.

- Ei Ambrosius halua olla täällä, sanoi Hans, jonka punainen tukka liikkui vienossa tuulessa.
- Kyllä se tottuu, sanoi Sara ja taputti Hansia olalle. - Mennään tutkimaan paikkoja!

Ja niin he lähtivät tekemään tutuksi heille tuntematonta planeettaa, joka pelotti ja kauhistutti, mutta joka myös kiehtoi ja houkutteli luokseen.

Joukko eteni pitkin ja poikin pientä aluetta ja Aida pysähtyi tutkimaan läpikuultavaa juurakkoa.

- Juuret ovat valkoisia, melkein läpinäkyviä ja täynnä jonkinlaisia hohtavia suonia, joissa virtaa sähkön tapaista valoa. Yritän ottaa näytteen.

Aida otti näytteen yhdestä juuresta ja heti kun hän koski siihen neulallaan, koko juurakko liikahti ja sai ryhmän säikähtämään. Juuresta lähti jonkinlainen sykäys, sinertävä aalto, joka hävisi kauas kallion taakse jättäen joukon ymmälle ja vaille vastauksia.

- Mikä tuo oli?! kysyi Sara kauhuissaan. - Näittekö sen aallon? Sen joka katosi tuonne jonnekin? Aivan kuin tuo juuri olisi reagoinut sinun testeihisi ja lähettänyt aallon.

- Tämä on merkillistä, kovin merkillistä, sanoi Aida. - Meidän täytyy olla varovaisia! Minä sain näyteputkilooni pienen määrän jotakin ainetta juuresta. Täytyy tutkia paremmin. Tämä on outoa, kuin valkoista hohtavaa limaa.

- No eikö voitaisi mennä nyt heti takaisin alukselle? Minulle riittää tämä tältä erää vaikka olenkin sanoinkuvaamattoman innoissani, sanoi Hans.

- Hansia alkoi jännittämään. Mitenkä meinasit selviytyä sitten kun alkaa kunnolla tapahtua? Sitten kun tuo juuri syö sinut? Frans kiusasi ja joukko siirtyi sisälle alukseen pohtimaan ja arvioimaan tilannetta.

He kokoontuivat ison pöydän ääreen ja Aida rupesi tutkimaan näytettä. Ambrosius oli pöydällä ja nuoli valkoisia tassujaan ja sen muutoin niin oranssia turkkia, joka kiilsi hyväkuntoisena. Sekin tiesi varmasti, että Aidalla oli suuri rooli ollen ryhmän ainoa varsinainen tutkija. Hänen harteillaan oli selvittää planeetan suurimmat mysteerit: sen koostumus ja mahdollisten asukkaiden toimintatapa. Sellaiset tiedot eivät kävelleet vastaan ilmaiseksi. Aida tiesi, että vaati rutkasti rohkeutta ja vielä enemmän tietoa ja taitoa saada vastauksia annetuille kysymyksille. Mutta Aida oli valmis: Hän oli niittänyt mainetta tutkijana, hän oli älykäs ja skarppi ja jatkuvan optimistinen. Nyt hän keskittyi suuret suurennuslasit päässään ja odotti koostumukseen liittyviä tuloksia laitettuaan osan aineesta analyysiin. Suurennuslasit tekivät hänen silmistään isot kuin lautaset. Yllättäen Aida kääntyi muihin päin ja sanoi:

- Tämä on täysin tuntematon aine. Joitakin me tunnemme jo mutta nämä yhdistelmät...Minä en ymmärrä...ja tässä on sähköä ja magneettisuutta. En osaa nyt sanoa mistä on kyse mutta tämä on täysin uutta meille. Lisäksi tuo aine liikahtelee, reagoi kosketukseen ja hohtaa outoa vaimeaa valoaan. Aivan kuin se olisi tunteva olento.

Aivan yllättäen Aidan tutkima lima roiskahti hänen kasvoilleen ja hän rupesi pyyhkimään limaa pois.

- Aa! Miten tämän saa pois, hän huusi pelästyneenä ja muut vain katselivat jähmettyneinä.

- Älä koske siihen enää, Hans sanoi. - Se voi olla myrkyllistä, ties mitä siinä on.

- No pakko minun on tämä poistaa, en kai nyt kasvoillekaan voi sitä jättää, Aida vastasi.

Salaperäistä ainetta tarpeeksi tutkittuaan he päättivät ottaa rennosti loppupäivän, vaikka siellä missä he olivat, oli hyvin vaikeaa sanoa, oliko päivä vai yö. He olivat väsyneitä ja nälkäisiä ja yksi toisensa jälkeen he nukahtivat ja nukkuivat pitkään ennen seuraavaa koettelemusta omissa unikaukaloissaan, joihin sai kuvun vedettyä päälle niin että näytti siltä, kuin he olisivat nukkuneet jonkinlaisissa kennoissa. Aida nukkui yhdessä Ambrosiuksen kanssa ja oli ainoa joka ei saanut kunnolla unta, koska oli niin innoissaan tutkimustyöstä, ettei malttanut silmiään ummistaa. Hän ja kissa olivat ensimmäisinä hereillä ja valmiina lähtöön ja he kävivät hoputtamassa ja herättelemässä muita. Planeetta odotti tutkijaansa ja Benin lähetettyä Maahan viestiä tilanteesta ja heidän syötyään ja juotuaan he olivat valmiina tutkimaan lisää.

- Tulkaa, mennään! Aida huudahti.

He astuivat ulos aluksesta. Planeetta näytti samalta kuin edellisenä päivänä, sen maa oli tumman harmaa ja joka puolella oli outoja, läpikuultavia juurakoita, joista hohti osittain sininen sähkömäinen valo ja joiden sisällä värähtelivät ja liikkuivat valkoiset pisteet. Ne olivat sisältä kuin geeliä, joka eli ja reagoi.

He kävelivät kauan ja yhteen suuntaan. Taivas oli musta ja täynnä kirkkaita tähtiä. Edessä maa kohosi ja laski ja sitten se muuttui mäiksi, kukkuloiksi ja lopulta vuoriksi. Vuoren juuressa oli järvi. He menivät sen rantaan ja kokeilivat sen vettä, joka oli myös tummaa ja täysin valotonta. He olivat vieraassa paikassa vieraalla planeetalla ja kokivat välillä suurtakin koti-ikävää ja pelkoa.

- Vesi pitää tutkia ennen kuin siitä uskaltaa juoda, Aida sanoi ja otti vedestä näytteen ja laittoi sen laukkuunsa. Ambrosius tuijotti kopasta.

- Ei täällä ketään ole, sanoi Frans ja tepasteli rehvakkaan oloisena ees taas järven reunaa ja heitti maasta löytämänsä kiven veteen. - Elinkelvoton paikka, pelkkää kiveä kaikkialla. Pyh, sanon minä!

- Älä ole niin tuomitseva, Frans. Täällä voisi hyvin olla meille sopiva ilma kun happeakin on.

Mutta karua täällä on myös, siinä olet oikeassa, sanoi Aida.

Aidan katsahdettua muita tilanne muuttui yllättäen. Hän huomasi heidän pelästyneet ilmeensä ja sen, kuinka he haukkoivat henkeään. Hans osoitti Aidan taakse sormellaan ja sanoi "Hyss". Frans vain seisoi paikallaan ja tuijotti yläviistoon eteensä. Aida kääntyi ja hänen edessään ylhäällä, noin pään korkeudella, oli jonkinlainen olento ja hän jähmettyi paikalleen. Se oli harmaa ja läpikuultava pyöreä pallo, joka leijui ilmassa. Pallon keskellä oli iso silmä ja pallon molemmilta sivuilta lähti jonkinlaiset suomuiset lonkerot. Ambrosius sähisi äänekkäästi korvat luimistuneina kopassaan. Olio katsoi Aidaa suoraan silmiin noin kymmenen senttimetrin päästä ja Aida tätä, sitten kuului jonkinlaista rätinää jonka jälkeen olio lensi pois nopeasti kuin salama kadoten taivaanrannan taa.

- Mikä tuo oli?! kysyi Aida. - Mikä, mikä tuo oli!

- Jaa-a, vaikea sanoa mutta ufo se taisi olla, sanoi Frans kiihtyneenä ja jännittyneenä. - Ei ainakaan Ambrosius pitänyt siitä yhtään. Se on kuulkaa niin, arvon naiset ja herrat, että meillä alkaa neuvottelut paikallisväestön kanssa tuota pikaa!

Tralalaa! hän riemuitsi uhkarohkeasti ja sai muut hieman rentoutumaan.

- Joo, no nytpä meillä kiinnostavaksi meni tämä touhu! sanoi Sara, jonka silmissä oli pelkoa ja innostusta samaan aikaan. Hänen tukkansa oli sekaisin ja kokonaan auki ja hänen päättäväisyytensä oli huimaa luokkaa. Hän oli aina ollut rämäpäinen ja rohkea.

- Minun täytyy nimetä tuo otus kun kirjaan ylös tapahtumia. Millä nimellä alamme kutsumaan sitä? Aida kysyi.

- Minä tiedän! Se voisi olla Eufrosyne, sanoi Ben. - Eikö sopisikin sille hyvin! Tuo nimi on pyörinyt päässäni siitä asti kun laskeuduimme tänne.

Kukaan ei lisännyt kommenttiin mitään, vaan he katselivat maahan hyväksyen ehdotuksen.

- Selvä, olkoon otuksen nimi Eufrosyne, sanoi Aida. - Toivotaan että seuraava kohtaaminen sen kanssa onnistuu yhtä hyvin, mikä lienee onkaan. Jatketaan tutkimusmatkaa! Tulkaa!

He kävelivät vuoren vieressä olevan notkelman läpi Fransin johdolla ja saapuivat uudelle aukiolle, joka oli myös musta ja jossa kohosi pienempiä mäennyppylöitä siellä täällä. Joukkio eteni hitaasti, havahtuen pienimpäänkin ääneen. Heidän kävelynsä oli pikemminkin varovaista väijymistä, eivätkä he halunneet riskeerata mitään. Frans vilkuili silmillään joka ilmansuuntaan ja oli valmiina käyttämään asettaan, jota hän kannatteli käsissään. Tunnelma oli jännittynyt ja hiljaisuus sai heidät tuntemaan yhä suurempaa epäröintiä. Aida käveli heti Fransin jäljessä ja katseli ympärilleen. Muut seurasivat letkan perässä.

He olivat kaukana kotoa ja heidän tarinastaan oli tulossa hyvin jännittävä. Sellainen, jota voisi kertoa jälkikasvulle ja niin edelleen se kertoisi omalleen. Heidän tärkein tehtävänsä oli kuitenkin säilyä hengissä ja he olivat siitä täysin tietoisia.

Yht'äkkiä Hans osoitti oikealle ja he näkivät melko lähellä jotain merkillistä. Se oli jonkinlainen valkoinen, puumainen olento, jonka oksat roikkuivat pitkälle alas loistaen valkoista valoa. Runko ja koko olento olivat kauttaaltaan täynnä pieniä valopisteitä, jotka tuikkivat ja liikkuivat alati. Sillä oli loistavat juuret, jotka jatkuivat loputtomina vieden kauas pois. Tuo näky sai joukon pysähtymään hämmästyneenä ja tällä kertaa he eivät pelänneet niin paljon, koska näky oli kaunis ja kutsuva. Etenkin Sara oli ilahtunut näkemästään.

- Katsokaa, onpa aika hieno näky. Tällaisia ei Maassa kasva. Tahdon mennä katsomaan lähemmin, sanoi Sara päättäväisenä kuten aina ja asteli kohti olentoa.

- Odota meitä, et voi mennä yksin, sanoi sotilas Ben tarkkaillen koko ajan tilannetta. Hänellä oli samanlainen kookas ase kuin joukon toisella sotilaalla Fransilla. Mutta he toivoivat viimeiseen asti, etteivät joutuisi käyttämään aseitaan. Ja niin toivoi koko muukin tiimi. He olivat lähteneet hakemaan tietoja Achatius-planeetan sopivuudesta elämiseen ja kenties kartoittamaan yhteistyön mahdollisuuksia paikallisten asukkaiden kanssa. Heidän tarkoituksenaan ei ollut tuhota mitään tai olla muutoinkaan vihamielisiä. Paitsi jos tilanne eskaloituisi heitä vastaan.

Ei aikaakaan kun Sara jo koski olentoa saaden aikaan suuren värähdyksen siinä. Hän tipahti takamukselleen ja jäi puoliksi lumoutuneena katselemaan.

- Se oli oudon tuntuinen, sanoi Sara. - Ihan kuin jotain kylmää geeliä. Sain ihan pienen sähköiskunkin.

Pian yksi toisensa jälkeen meni koskettamaan tätä puuta muistuttavaa olentoa ja he saivat kukin vuorollaan sähköiskun, joka napsahti sormessa.

- Mitä tästä sanot, Aida, kysyi Sara. - Melkoinen velmu, on täällä kyllä outoa sakkia sanon minä.

Ja ennen kuin Aida ehti vastata mitään, olento kurotti kimmeltävät, valkoiset juurensa Saran jalkoihin ja näytti siltä kuin se olisi imenyt energiaa itseensä. Valopisteet liikkuivat sen juuria pitkin kohti olennon runkomaista keskiosaa. Sara katsoi jalkojaan ja oli ihmeissään, eikä uskaltanut sanoa sanaakaan. Muut olivat kauhuissaan, eikä kukaan osannut reagoida sanoin, kunnes Aida ryhdistäytyi.

- Ole aivan liikkumatta, sanoi Aida. - Tämä on todella mystinen tapahtuma. Voi olla, että se imee sinusta energiaa.

- Tai kerää tietoa, lisäsi Frans purkka suussaan. - Ties minne se nyt tallentaa sinun geenisi.

Olento jatkoi jonkin aikaa, kunnes sen juurilta näyttävät lonkerot vetäytyivät pois. Sara kokeili jalkojensa toimivuutta ja totesi, ettei mitään vahinkoa ollut tapahtunut.

- Olen aivan kunnossa. Mutta olo on melko tyhjä. Saanko minä nyt antaa tälle olennolle nimen, kun Ben sai valita edellisen? hän kysyi innoissaan.

- Tottakai voit, vastasi Aida. - Mitä nimeä ajattelit?

- Escillus. Sen nimeksi tulee Escillus.

- Selvä, miksi juuri tämä nimi?

- Se vain tuli mieleeni kun nuo juuret olivat kiinni jaloissani. Se oli kuin kuiskaus.

- No nyt sinä tämän pelottavaksi teit. Vai että oikein kuiskaus. Taidan minäkin kokeilla samaa, sanoi Frans ja rupesi tökkimään sormellaan Escillusta ja kuinka ollakaan, sen lonkeromaiset juuret etsiytyivät tällä kertaa Fransin jalkoihin. Kaikki seurasivat vierestä. Yht'äkkiä Frans alkoi huutamaan.

- Pois! Ottakaa se pois! hän huusi pidellen jalkojaan. - Ottakaa se pois! Hitto!

Ambrosiuksen silmät olivat viiruina ja se oli pörhistänyt turkkinsa ja sähisi ihan vimmatusti. Ben ja Hans rupesivat riuhtomaan Escillusta Fransin jaloista ja Ben tähtäili aseellaan tätä kohti. Otus ei tahtonut irrottaa otettaan, joten Ben ampui luotisateen sitä kohti ja sai aikaan sen, että olennossa ikäänkuin aaltoili ja valopisteet liikkuivat nopeasti sen rungosta juuriin ja oksamaisiin käsiin ja taas takaisin. Sitten lopulta se päästi irti. Frans lyyhistyi polvillensa maahan ja oli aivan voimaton.

Hän piteli päätään ja muut rupesivat kysymään vointia. Hetken oltua paikallaan Frans vastasi:

- Se luki minun ajatukseni. Tunsin kuinka se vei niitä. Ajatuksia. Kuulin lisäksi sen kuiskailevan minulle.

- Mitä se sanoi sinulle? kysyivät kaikki.

- "Poistu". Se sanoi "Poistu".

- No niin, nyt se on virallista. Ne eivät pidä meistä, sanoi Sara.

- No vaikuttava sisääntulo oli kyllä, mutta pitää tutkia lisää, vai mitä, Aida? sanoi Frans.

Aida kirjoitti muistioonsa tietoja ylös ja oli hetken omissa maailmoissaan keskittyneenä.

- Kyllä, tutkimme lisää, mutta nyt menemme vähäksi aikaa rauhoittumaan alukselle. Mitä tulee näihin kahteen olentoon, minulla on suuri epäilys, että ne saattavat olla meille vaaraksi. Escillus näytti imevän ajatuksia ja lähettävän niitä. Se on vähintäänkin huolestuttavaa. Meidän on oltava varovaisia. Emme tahdo suututtaa niitä. Meidän pitää pysyä sovussa, mikäli tahdomme ihmisten asuvan niiden kanssa täällä, Aida vastasi.

He menivät alukselle samaa reittiä kuin olivat tulleetkin eivätkä törmänneet enää olentoihin.

Mutta he eivät huomanneet selkiensä takana kaukana tuijottavaa isoa silmää.

Aluksellaan astronautit ruokailivat, peseytyivät ja lepäsivät. Tunnelma oli odottava. Ben ja Hans pelasivat korttia pöydän ääressä kun Sara ja Frans vain nukkuivat. Aida oli jatkuvasti mietteissään ja yritti laittaa päässään olevat asiat järjestykseen. Hän tietenkin pohti, oliko planeetta ensinnäkin turvallinen vai ei. He eivät vielä tienneet olennoista paljoa ja he olivat nähneet vasta pikkuriikkisen osan koko alueesta. Ei ollut mitään takeita siitä, että paikka olisi ihmiselle sopiva.

Taivas oli pilvetön ja musta ja täynnä tähdenlentoja. Planeetalla ei ollut aurinkoa, vaan se sai kaiken valonsa joka puolella hohtavista valkoisista juurakoistaan. Koska planeetalla ei myöskään ollut erikseen yötä eikä päivää, oli sen lämpötila ja valo koko ajan sama. Koskaan ei ollut täysin kirkasta ja miehistö kaipasi jo Aurinkoa ja valoa. Ilma oli viileä, mutta kohtuullisen siedettävä. Se ei ollut pakkasen puolella. Oli miten oli, heillä oli ikävä kotiin, vaikkeivät sitä näyttäneetkään. Ambrosius-kissa nukkui, söi ja kehräsi ja näytti viihtyvän. Se oli päässyt osaksi suurta seikkailua, jonne harva katti pääsi.

Aluksen ulkopuolella tuuli kylmästi ja eräs olento kävi tutkimassa aluksen pintaa. Se oli Eufrosyne, harmaa ja pyöreä pallomainen ja läpikuultava otus, lentävä olio. Mutta siitä eivät astronautit olleet tietoisia...

Ambrosius ja Eufrosyne

KOLMAS LUKU

Pian retkikunta oli taas valmiina lähtöön Ambrosius mukaan lukien. Ei aikaakaan kun he saapuivat vieraalle alueelle heidän kuljettuaan ensin järven ja vuoren ohi ja edelleen mustan mäkisen aukion poikki. Pienen mäennyppylän takaa avautui valtava uusi aukio, joka oli täynnä Escillus-olentoja ja joiden yllä ja lomitse lenteli Eufrosynejä kaikkialla. Joukkion katseet olivat varteenotettavat heidän ihmetellessä näkyä. Ei ollut ihan jokapäiväistä tällainen heille ja heidän ilmeensä olivat innostuneet ja pelokkaat. He kävelivät varovaisen määrätietoisesti aukiolle ja jäivät seisomaan muutaman Escilluksen luo. Hei eivät ehtineet kauaa siinä seisoskella, kun yksi Eufrosyne lensi heidän vierelleen hieman heidän päitään korkeammalle liikutelleen pyöreän keskiosansa sivuilla olevia lonkeroita. Otus piti nakuttavaa ääntä ja zoomaili heitä suurella silmällään. Se liikutti yhä lonkeroitaan ja lähestyi niillä retkikuntaa ja kävi kaikki läpi. Näytti siltä, kuin se olisi tutkinut ihmisiä päästä varpaisiin. Välillä se kohdisti silmänsä astronauttien kasvoihin ja silmiin. Ben ja Frans pitivät kiinni aseistaan mutta suhtautuivat melko rauhallisesti, ainakin vielä.

- Pidä ase valmiina, ei voi tietää mitä tapahtuu! Ben kuiskasi Fransille.

- Valmiina! vastasi Frans.

Eufrosyne oli nyt Hansin kohdalla ja tuijotti häntä. Hans tuijotti takaisin ja rupesi näyttämään siltä, kuin olisi ollut lumottu. Ambrosius maukui ja sähisi kopassaan kuuluvasti. Yhä enemmän muista rupesi tuntumaan, että nyt oli jokin pielessä. Yllättäen Hansin katse muuttui monotoniseksi ja hän kääntyi ympäri ja lähti kävelemään pois robottimaisesti kuin olisi hypnotisoitu. Muu ryhmä seurasi häntä silmä kovana. Eufrosyne oli lentänyt tiehensä. Aida yritti pysäyttää Hansin kutsumalla tätä nimellä ja tarttumalla tätä olkavarresta, mutta Hans vain riuhtaisi kätensä irti ja jatkoi määrätietoisesti matkaansa. Hän käveli aina järvelle saakka ja siellä sattuikin sitten jotain aivan odottamatonta ja peruuttamatonta. Hän nimittäin asteli nopeasti syvälle veteen ja kaikkien kauhuksi hukuttautui. Kukaan ei ollut odottanut sellaista. He olivat vain jääneet seuraamaan tilannetta järven rannalle, kun Hans oli kävellyt veteen. Lopulta Frans oli juossut hänen peräänsä, nostanut tämän vedestä ja tuonut rantaan. Hän oli yrittänyt elvyttää Hansia, mutta oli jo liian myöhäistä. Muut jäivät katsomaan kauhuissaan eivätkä he voineet käsittää, mitä oli tapahtunut. Näky oli traaginen järven ollessa musta ja valoton.

- Mitä tapahtui?! Aida kysyi järkyttyneenä ja itki vuolaasti. - Voiko joku selittää?

- Se Eufrosyne-olio teki jotain, mikä sai Hansin hukuttautumaan, vastasi Sara ja meni Aidan tueksi.

- Niin, minusta tuntuu, että se osaa manipuloida meitä ja syöttää meihin ajatuksia, jatkoi Aida pidätellen itkuaan. - Pahoin pelkään että niin on.

Frans oli vihainen ja tulitti aseellaan kohti taivasta.

- Tämä saa luvan riittää! hän huusi. - Yksikin tuollainen vielä niin minä räjäytän ne kaikki! Senkin tyhmät valopäät!

Arvatenkin, Fransin meuhkaaminen ei auttanut asiaa ja kulkue päätti lopulta lähteä alukselle. Hansin ruumis vietiin takaisin järveen ja häntä jäivät kaipaamaan koko muu miehistö. Nyt kun Eufrosynestä oli tullut virallisesti vaarallinen vihollinen, he rupesivat vääjäämättä arvioimaan omaa turvallisuuttaan Achatius-planeetalla.

Kaikesta pelosta, epäilystä ja surusta huolimatta he päättivät kuitenkin jäädä planeetalle. Sitä on vaikea sanoa, mikä rohkeus heihin iski, mutta he olivat päättäneet vielä palata. Syvällä Aidan mielessä paloi halu tuntea tämä viholliseksi tullut olento ja selvittää Hansin outo kuolema. Se oli oikeastaan vähintä, mitä he olisivat voineet tehdä ja sen tiesivät kaikki. He sulkivat aluksen oven perässään ja koittivat tehdä olonsa niin turvalliseksi ja kodikkaaksi kuin suinkin mahdollista. Kukaan ei oikein halunnut puhua kokemuksista, joilla oli kauhistuttava loppu. Mutta he tiesivät, että nyt oli leikki kaukana ja että heidän piti varoa enemmän, jottei kävisi niin kuin Hansille, tuolle ujolle ja hyväntahtoiselle ihmiselle. Hänen seurassaan oli aina ollut mukava olla, koska hän tahtoi aina toisten parasta eikä koskaan tehnyt itsestään sen suurempaa numeroa.

Unta tai lepoa oli vaikea saada, koska he olivat niin stressaantuneita kokemistaan hirveyden hetkistä vieraalla planeetalle ja kaukana kotoa. Vasta, kun he alkoivat rentoutumaan, oli mahdollista levätä. He pelasivat korttia ja lukivat Time-lehtiä ja sarjakuvia. Musiikki soi ja tällä kertaa he kuuntelivat Michael Jacksonia ja Elvistä. Sara ja

Aida juttelivat pitkään ja nauroivat. Nauroivat koska huomisesta ei ollut tietoa. Oli elettävä hetkessä.

Aida kirjasi ylös vihkoonsa ja kannettavalleen kaiken mitä oli tapahtunut ja Ben raportoi Maahan tapahtumien kulun. He saivat käskyn jatkaa operaatiota ja sitä he itsekin tahtoivat. Mutta sitä ennen he pitivät juhlat ja joivat ja söivät. Nyt tai ei koskaan...

Kun he heräsivät hilpeän juhlan jälkeisiltä unilta, oli tunnelma verkkainen ja rauhallinen. Aida hyräili ja silitti kissaa, Ben poltti sikaria, Frans venytteli ja Sara kuunteli musiikkia korvanapeilla ja söi. Ambrosius oli saanut paljon huomiota kaikilta ja siitä olikin tullut varsinainen maskotti. Valkokuonoinen ystävä oli aluksen sydän. Sen tarkoitus tai tehtävä ei ollut vielä selvinnyt, mutta sen te tulette kuulemaan kyllä. Se oli vallan mainio tapaus, jolla oli tahtoa ja kykyjä vaikka mihin.

Aida katseli ikkunasta avaruuteen kun Frans tuli aivan hänen taakseen seisomaan. Hän hengitti Aidan niskaan ja sai tämän kääntymään. Kuin taikaa olisi ollut ilmassa, he suutelivat. Se oli kuin kuumaa laavaa. Heidän välillään oli ollut jo pitkään jännite, joka purkautui nyt ja he menivät ja syleilivät toisiaan. Ben ja Sara katsoivat sivusilmällä kun he poistuivat omaan rauhaansa. Aidan suhde mieheensä oli ollut vailla intohimoa jo kauan ja vaikka Aida rakastikin tätä, hän ei pystynyt vastustamaan läheisyyttä nyt heidän ollessa vieraassa paikassa vailla mitään taetta turvasta ja vailla tietoa asioiden kulusta. Aida kaipasi turvaa.

Mutta pian oli aika taas lähteä tutkimaan. Oli saatava täydellinen selvyys siitä, oliko Archatius ihmisille sopiva paikka elää ja oliko sen asukkaista mahdollisesti yhteistyöhön. Vaikka tällä hetkellä ei tuntunut siltä, että toivoa yhteistyöhön olisi etenkään Hansin kauhean kuoleman jälkeen, joukko pysyi toiveikkaana, tai niin toiveikkaana kuin suinkin pystyi. Aida johti ryhmää mallikkaasti, hän meni aina tiede edellä ja jaksoi uskoa mahdottomaltakin tuntuvaan. Frans oli ryhdistäytynyt orastavan rakkauden vaikutuksesta ja auttoi nyt Aidaa. Hänestä oli kuoriutunut herkempi puoli ja ylimielisyys ja malttamattomuus olivat tilapäisesti kaikonneet.

Koska oli käynyt selväksi, ettei Eufrosyneä voinut katsoa silmään (sillä siis tosiaan oli vain yksi iso silmä), miehistö teki vaatteen riekaleista itselleen näkösuojat peittämällä kangaspalalla silmänsä ja sitomalla sen pään taakse solmulla.

Armeijan vaatteet olivat sitkeää materiaalia, mutta T-paidasta sai tehtyä hyvän suojan. Oli aika lähteä tutkimaan. Frans ja Ben varustautuivat hyvin ja he kantoivat asetta. Aida otti jälleen mukaan Ambrosius-kissan, jonka funktio oli yhä epäselvä. Sara ja Frans olivat väsyneempiä kuin muut, koska heihin oli vaikuttanut Escillus-olennon jonkinlainen hyökkäys. Aida oli varma siitä, että Achatius-planeetan olennot olivat kykeneviä lukemaan ajatuksia, manipuloimaan ja kenties myös hypnotisoimaan. Eufrosyne oli saanut Hansin tekemään itsemurhan ja Escilluksen painaessa juurensa astronautin jalkoihin tämä oli mennyt heikoksi ja tuntenut sen vievän ajatuksia ja kuullut sen kuiskailevan. Fransille oli Escillus kuiskinut "poistu". He olivat kaikki peloissaan, mutta he olivat myös alansa huippuja ja heidän luonteensa olivat lujia ja periksiantamattomia. He tahtoivat suoriutua tehtävästään niin hyvin kuin mahdollista. Ben oli ollut yhteydessä Maahan ja käynyt vilkkaan keskustelun siitä, mitä seuraavaksi piti tehdä kun yksi miehistön jäsenistä oli nyt poissa pelistä.

- Meidän on jatkettava, emme saa luovuttaa, sanoi Ben.

- Kyllä, olemme valmiita lähtöön. Meillä on kaikilla nyt näkösuojat, sanoi Aida. - On selvinnyt, että nämä olennot lukevat ajatuksiamme ja silloin kun esimerkiksi katsomme Eufrosyneä silmään, se saa meidät tekemään pahaa itsellemme kuten nähtiin. Pysytään siis yhdessä.

Ja he lähtivät tekemään uutta seikkailua pimeällä planeettalla. Ben kulki edellä, sitten tuli Sara ja Aida ja Ambrosius ja lopuksi Frans. He kävelivät reipasta vauhtia, vaikka heillä olikin näkösuojat ja vaikka he näkivätkin vain alaspäin raottamalla silmillä olevaa vaatteesta revittyä kankaanpalaa. Sara alkoi laulamaan Suomen kansallislaulua saaden tunnelman hieman keventymään. Ambrosius oli valppaana kopassaan ja katseli suurilla tarkoilla silmillään. Sillä ei ollut mitään suojanaan joten se näki kaikkialle.

He kulkivat vain osittain samaa reittiä kuin viimeksi, koska he eivät kyenneet hahmottamaan ympäristöä samalla tavalla. Niinpä he vain kävelivät ja kävelivät kunnes Ben sanoi "Seis!".

- Hys, hiljaa, kuuletteko te saman kuin minä? hän kysyi. - Minä kuulen sitä samaa nitinää ja natinaa ja inhottavaa naksuntaa kuin viimeksi Eufrosynen ollessa lähellä.

- Kyllä, kuulen saman, sanoi Aida.

- Minäkin kuulen! huusi Sara, joka oli lopettanut laulamisen.

- Sanokaa vain jos tarvitsette tulta niin minä nappaan sen! huusi Frans itsevarmasti.

- Älkää missään nimessä katsoko sitä silmään, pitäkää vaate silmillä! huusi Aida.

Joukko pysyi paikallaan kun Eufrosyne kiersi heidän ympärillään yrittäen saada katsekontaktia. Se kävi jokaisen luona ja päästi inhottavaa, nakuttavaa ääntä. Sitten se rupesi kietomaan lonkeroitaan astronauttien ympärille ja heidän oli vaikea olla paikalla, kun lonkerot olivat kaulalla ja kasvoilla. Sara irvisti kasvonsa ja kohotti olkapäänsä. Tilanne oli hirvittävä ja piinallinen ja he toivoivat ja rukoilivat sen menevän ohi. Ambrosius sähisi vimmatusti kun olento katseli sitä silmiin, mutta Eufrosyne ei näyttänyt olevan siitä kiinnostunut, eikä se myöskään saanut kissassa mitään muutosta aikaan. Paitsi sen, että se nosti karvansa komealle kaarelle ja näytti aivan pallokalalta.

Yht'äkkiä ääni hävisi. Tuli hiirenhiljaista. He seisoivat rievut päässään ja liikkumattomina, kivettyneinä, kunnes oli ollut jo melko kauan hiljaista ja he uskalsivat kurkistaa näköesteidensä takaa.

- Se meni jo, sanoi Frans. Ei näy ketään missään. Ja niin muutkin ottivat näköesteen pois ja katselivat ympärilleen. Kaukana näkyi Escillus-olioita.

- Laitetaan suoja takaisin ja jatketaan tuohon suuntaan, sanoi Aida ja he suuntasivat kohti aluetta, jossa oli Escilluksia. Niitä näkyi monia.

He olivat kävelleet pitkän matkan, kunnes valkoiset juurakot alkoivat tihentymään heidän allaan. He jatkoivat ja saapuivat isojen, paksujen juurten luo.

- Mitä nämä ovat? kysyi Sara. - En ole nähnyt näin suuria juuria vielä täällä.

Ryhmä jäi paikalleen miettimään toimintatapaa ja he keskustelivat jonkin tovin tullen päätökseen.

- Minä nostan suojaa ja katson, mitä siellä näkyy, sanoi Aida ja hän nosti suojan silmiltään ja katsoi. Edessä oli valtavan kokoinen Escillus-olento, se oli kymmenen kertaa niin iso kuin muut heidän näkemänsä ja se oli valtavan kaunis ja lumoava. Se oli valkoinen ja hohtava. - Katsokaa itse, tämä on niin kaunista.

He katsoivat, kaikki paitsi Frans ja lumoutuivat itse kukin. He katselivat näkemäänsä hymyillen ja puhuen sekavia.

- Kohtalo on kuolla, se käyköön toteen, sopersi Ben.

- Ken hakee, saa hakea. Maa, ansa, viimeinen hengenveto, höpötti Aida.

Sara meni olennon luo ja laittoi kämmenensä sen säkenöivälle pinnalle ja puhui: - Totuus löytää tiensä sen etsijän luo, muttei onnea tuo...

Kun hetki muuttui heidän ihastelustaan suoranaiseksi palvonnaksi ja sanat yhä hullummiksi, Frans käski kovaan ääneen:

- Laittakaa suoja takaisin silmillenne! Te puhutte kuin humaltuneet. Escillus on lumonnut teidät! Takaisin silmille nyt!

Muut laittoivat suojan silmilleen, joskin vastahakoisesti, mutta Sara jäi Escillukseen kiinni eikä ottanut kuuleviin korviinsa Fransin käskyä.

- Otetaan nimenlasku! sanoi Frans. - Kaikki huutakaa nimenne! Ja kaikki huusivat oman nimensä paitsi Sara ja siitä he tiesivät tämän ollen yhä lumovoiman vallassa.

- Sara! Jonoon asetu välittömästi! huusi Frans.

Mitään ei kuulunut, joten hän kurkkasi suojansa takaa nähden hieman eteensä ja sitten hän näki Saran jalat ja riuhtoi tätä irti Escilluksesta. Hän ei onnistunut saamaan Saraa irti, joten hän löi Escillusta nyrkillä niin lujaa kuin pystyi. Se sai aikaan pienen valoaallon olennossa ja lopulta se päästi irti. Sara oli sekava ja Frans oli juuri viemässä tätä riviin, kun hän kuuli nakuttavaa ääntä.

– Se on Eufrosyne! Frans huusi. – En löydä Saran näköestettä!

Frans peitti Saran silmät omilla käsillään, mutta kompastui juurakkoon ja kaatui. Tällä välin Eufrosyne oli Saran kohdalla ja katsoi tämän lumottuihin silmiin. Frans nousi pystyyn ja etsi Saran ja kamppasi tämän maahan ja peitti tämän silmät uudestaan. Tilanne oli kauhea ja Frans odotti, kunnes nakuttava ääni oli mennyt kokonaan pois. Sitten hän etsi Saran näkösuojan ja laittoi sen tälle päähän. Kaikki olivat hiljaa ja vain odottivat.

– Se on poissa nyt, sanoi Frans. – Saralta oli näkösuoja pois jonkin aikaa. Minä kaaduin juuriin kun yritin auttaa. Mutta älkää missään tapauksessa ottako pois suojaa! Eufrosyne on yhä tuolla jossain ja Escillus lumosi teidät äsken, puhuitte aivan sekavia. Lähdemme nyt takaisin.

Ja he kävelivät haparoiden samaa tietä takaisin, kurkkien suojiensa alta, uskaltamatta hädintuskin katsoa mihin astuivat. Hoiperrellen he saapuivat alukselle ja menivät sisälle. He tuupertuivat lattialle ja poistivat näkösuojansa. He olivat peloissaan, eivätkä puhuneet vähään aikaan mitään.

- Vai että sellainen reissu tällä kertaa, sanoi Ben. - Ei ollut kauhean pitkä retki. - Ensi kerralla voitaisiin olla hieman pidempään. Kun säästyttiin ihan hengissä tällä kertaa.

- Me tulimme nyt koska tilanne sen vaati, sanoi Frans. - Meillä pitää olla parempi toimintasuunnitelma näiden Escillus ja Eufrosyne - olentojen varalle. Emme voi antaa niille valtaa pelotella meitä miten sattuu. Meidän pitää mennä itsevarmoina, emme saa juosta koloon kuin kanit! Nyt teemme toimintasuunnitelman ja sitten lepäämme ja lähdemme uudestaan matkaan! Onneksi Sara on kunnossa, vaikka hän oli ilman näkösuojaa kun Eufrosyne oli siinä aivan hänen edessään. Nyt hommiin!

Kaikki kuuntelivat ja nyökyttelivät päätään. Sitten he kokoontuivat pyöreän pöydän ääreen ja suunnittelivat seuraavaa etappia varten.

- Escillus lumoaa ja manipuloi. Se sai teidät puhumaan hulluja asioita, sanoi Frans.

- Kyllä ja Eufrosyne vääristää ajatuksemme itseämme vastaan, kuten Hansille kävi, sanoi Aida. - Joudumme jatkossakin pitämään näköesteen. Ambrosius on selvinnyt hyvin, sille ei ole tullut mitään oireita, vaikka Eufrosyne on varmasti sitäkin tuijotellut. Tämän takia juuri halusin sen mukaan. Se ei ole kuin me, se on kissa ja me olemme ihmisiä. Lähdemme uudestaan matkaan ja tällä kertaa kävelemme vielä pidemmälle, äänistä, juurista tai muusta huolimatta. Lisäksi, minun pitää nimetä se iso Escillus, jonka näimme ja josta lumouduimme kaikki ja ajattelin nimetä sen Heddaksi, Escillusten äidiksi.

- Selvä selvä, sanoi Ben.

Sara istui tuolissa huoneen nurkassa ja näytti hieman kalpealta ja poissaolevalta.

- Oletko kunnossa? kysyi Ben Saralta.

- Tässähän tämä, vastasi Sara. - Rankka reissu.

- No olihan se, täytyy myöntää, sanoi Ben.

- Vähän väsyttää, taidan mennä nukkumaan, jatkoi Sara.

Aida katsoi kun Sara meni nukkumaan omaan kaukaloonsa ja häntä huoletti hieman Saran vointi.

Hän meni silti takaisin suunnittelupöytänsä ääreen ja he keskustelivat pitkään toimintamalleista.

Sillä välin Sara nukkui, mutta avasi silmänsä yht'äkkiä. Hän nousi, käveli monotonisen robottimaisesti ja muilta huomaamatta aluksen lääkintäkaapille, kahmaisi sieltä kaikki mahdolliset pillerit ja litkut, käveli takaisin ja istui sängyn laidalle. Sitten hän nielaisi kaikki löytämänsä lääkkeet, jonka jälkeen hän jatkoi uniaan. Vasta monta tuntia myöhemmin Aidan tultua katsomaan tämän vointia heille selvisi mitä oli tapahtunut. He olivat tyrmistyneitä ja Frans oli suorastaan raivoissaan. Sara oli kuollut.

- Näin ei saa enää käydä! hän huusi ääni väristen ja puri purukumia äänekkäästi. - Anti olla viimeinen kerta! Se Eufrosyne, minä pudotan sen ensi kerralla!

- Nyt meidän täytyy olla vielä entistäkin varovaisempia, sanoi Aida itkuisena ja surullisena. Kyyneleet virtasivat kaikilla. Mutta Aidan piti pysyä päättäväisenä. - Näkösuoja on pidettävä visusti! Menemme, kuten sovittu, pidemmälle kuin ennen ja liikumme kiinni toisissamme. Olemme valppaita ja pidämme puolemme! Meidän pitää selvittää, ovatko ne halukkaita yhteistyöhön. Ne eivät ole vielä ymmärtäneet, mitä kaikkea voisimmekaan tehdä laajassa yhteistyössä. Eufrosyne ei tehnyt meille mitään ensimmäisellä kerralla kun törmäsimme siihen, mutta ne ovat näemmä päättäneet kohtalostamme sen jälkeen ja tahtovat meidän katoavan. Escillus lumosi meidät kunnolla vasta kun törmäsimme isoon äiti-Escillukseen eli Heddaan. Pienemmillä Escillus-olennoilla ei ollut vastaavia kykyjä.

- Pahoin pelkään, sanoi Ben.

- Minä otan mukaan kommunikaatiovälineet, koitan saada ne keskustelemaan kanssamme.

- No siinä sinulla onkin tekemistä, että onnea vaan koitokselle, sanoi Frans. - Toki tuemme sinua sen minkä voimme. Mutta ettei vain olisi turhan riskiä, jotten sanoisi.

- Kyllä, olemme suojana koko ajan, sanoi Ben itsevarmasti. - Tee sinä tutkimukset ja me viemme sinut sitten takaisin Maahan. Achatius! hän huusi nostaen kätensä ylös Aidan ja Fransin eteen. Aida ja Frans laittoivat omat kätensä ylös ja he huusivat uudestaan "Achatius!". He nostattivat yhteishenkeä, joka oli tärkeää tällaisissa kauheissa olosuhteissa. Oli järkyttävää, että he olivat menettäneet jo kaksi miehistön jäsentä. Mutta he menisivät kohti pelkoa, kohti tuntematonta, vielä uudestaan. He eivät luovuttaneet.

NELJÄS LUKU

Kaukana täällä, vieraalla jäällä, kulkee asukas Maan.
Kohtaloaan ei tiedä, pelkoaan ei siedä, nyt aika
uuteen seikkailuun on vielä!

He lauloivat lauluaan aluksessa juuri ennen lähtöä ja heidän itsevarmuutensa kasvoi. Oli taas aika seikkailulle, vailla tietoa tulevasta. Kohti voittoa tai kohti kuolemaa, tulevasta ei ollut mitään käsitystä. Kolme astronauttia puki silmilleen näkösuojan ja lähti ulos aluksesta. Ben ensimmäisenä, sitten Aida ja Ambrosius ja viimeisenä Frans. Ennen poistumistaan alueelta heidän täytyi suorittaa eräs asia. Heidän piti haudata Saran ruumis isojen kivien alle ja heidän mielensä oli suruinen ja synkkä. Heidän ystävänsä olivat kuolleet. Kaksi kanssakulkijaa. Mutta ei auttanut muu kuin kerätä itsensä sillä tulossa oli jälleen vaaratilanteita. Escillus, Hedda ja Eufrosyne olivat todellisuutta ja ne saalistivat tuolla jossain.

He kävelivät side silmillään peräkanaa. He kulkivat taas pitkän matkan ja havahtuivat muutaman kerran kuullessaan nakuttavaa ääntä. Eufrosyne se oli. Se oli vaaninut heitä jo pidemmän aikaa. Se oli sama yksilö, joka oli käynyt tiedusteluretkellä astronauttien aluksella aiemmin. Kolme kulkijaamme vaistosi sen, mutta äänen kadottua he jatkoivat aina matkaansa. Eufrosyne lensi siksakkia joka suuntaan ja kenties suunnitteli jotain. Sitä kun ei voinut tietää. Jonkin ajan päästä joukko oli ylittänyt samat alueet kuin aikaisemminkin ja saapunut edelleen alueelle, jossa oli paljon hohtavaa juurakkoa. He tiesivät, että ne olivat Escillus-olentoja ja että ne lumoaisivat jos niihin katsoi ja jatkoivat matkaa. He ohittivat myös Heddan, äiti-Escilluksen. He saapuivat alueelle, missä äänet lisääntyivät ja mikä kuhisi Eufrosyneja ja Escillus-olentoja. Naksuttavat äänet jatkuivat ja jatkuivat ja joskus ne olivat aivan korvan juuressa. Hiki valui astronauttien ohimoilta heidän edetessään. Sitten Eufrosynet alkoivat pitkillä lonkeroillaan käydä heitä läpi ja juuri kun tilanne alkoi olla liian jännittävä, Ambrosius karjaisi hirveän maukaisun nostaen karvansa ilmaan ja sähisten äänekkäästi. Sen reaktio pelästytty Eufrosynet ja ne lensivät pois.

    - Hyvä Ambrosius! sanoi Aida. - Kelpo katti!

Kissa oli kenties pelastanut koko joukon. He jatkoivat matkaansa vielä tovin, kunnes alkoivat kuulla jonkinlaista suhinaa, jota he eivät aiemmin olleet kuulleet. Aida teki pikkuriikkisen reiän näkösuojaansa ja kurkki sieltä varovasti. Hän näki pieniä sinisiä palloja, jotka parveilivat yhdessä pilvessä noin katseen korkeudella. Ne liikkuivat levottomasti ja jäivät Aidan eteen leijailemaan. Aida uskaltautui katsomaan paremmin ja ojensi kätensä olentoja kohti.

- No niin, keitäs te olette...Aida kysyi.

- Mitä sinä näet siellä? kysyi Frans levottomana.

- Täällä on jotain sinisiä palloja, niitä on monta ja ne ovat yhdessä kasassa ikäänkuin...minun edessäni, vastasi Aida.

- Ole varovainen! huusi Frans.

Olennot siirtyivät Aidan pään ympärille parveilemaan.

- Nyt ne ovat minun pääni ympärillä, ne varmaan lukevat ajatuksiani, sanoi Aida.

- Pysy nyt hemmetti erossa niistä! huusi Ben.

- En koe tätä vaaralliseksi, en tunne mitään outoa, pientä sähköistä kihelmöintiä päässäni mutten mitään muuta, vastasi Aida.

Aidan katsellessa siniset olennot lensivät pois hetken kuluttua ja menivät kauempana olevan Escillus-olennon luo ja samalla tavalla parveilivat sen ympärillä.

- Katsokaa, ne veivät viestin minulta Escillus-olennolle, sanoi Aida.

- Ne ovat tiedustelijoita, urkkijoita, sanoi Frans.

- Niitä pitää varoa!

- Ehkäpä, mutta kirjoitan nyt ylös tuon ilmiön ja nimeän nuo olennot Bartolomeuksiksi. - Meidän pitää yrittää kommunikoida näiden olentojen kanssa. Minulla on siihen välineet.

Aidalla oli mukana kylttejä, joissa luki sanoja, kuten rauha, rakkaus ja ihminen sekä kaikenlaisia symboleja. Hän tahtoi luoda rauhan vaarallisiksi tulleiden olentojen kanssa ja hän oli optimistinen tavoitteissaan, kuten aina. Heidän tehtävänään oli selvittää yhteistyön mahdollisuus ja sen hän myös oli päättänyt tehdä.

He olivat nyt edelleen alueella, joka kuhisi olentoja. Silmät peitettyinä he kävelivät hitaasti ja pysähtyivät keskelle tasaista aluetta. Nakuttavaa ääntä, suhinaa ja muita ääniä kuului nyt kaikkialla ja Aida näki tilaisuutensa tulleen. Hän käveli joukon edelle ja otti yhden kylteistään ja näytti sitä siihen suuntaan, jossa Eufrosynen piinaavan nakuttava ääni oli voimakkain. Kyltissä luki "RAUHA". Hetken aikaa oli aivan hiljaista. Kuin Eufrosynet olisivat miettineet, miten reagoida. Sitten ne alkoivat kommunikoimaan keskenään ja Bartolomeus-pallot kiersivät vuoroin Aidan, vuoroin Eufrosynien luona. Aida otti toisen kyltin esille, jossa luki "IHMINEN". Taas oliot katsoivat ja ihmettelivät ja oli hiljaista. Tunnelma oli hektinen, kolmen joukko oli jännittynyt ja Ben ja Frans olivat valmiita taistelemaan hetkenä minä hyvänsä. Aida näytti vielä yhtä kylttiä, jossa luki "YHTEISTYÖ?", mutta siihen jäikin sitten se hiljaisuus. Eufrosynet näyttivät kiivastuneen ja ne liikahtelivat kiukkuisesti ja suivaantuneina. Aida kurkki varovaisesti silmiensä edessä olevan näkösuojan takaa ja hän näki Eufrosynen hämärästi. Sitten Eufrosyne tuli aivan Aidan silmien eteen ja Aida sulki silmänsä tyystin.

- Varokaa, se on aivan minun silmieni edessä, varoitti Aida.

Kohta Eufrosynejä saapui lisää ja ne menivät aivan astronauttien silmien eteen tuijottamaan isoilla silmillään. Joukko hikoili ja miehistön jäykistyneet jäsenet vaistosivat Eufrosynien läsnäolon niiden piinaavan ääntelyn takia. Sitten äänet muuttuivat aggressiivisemmiksi ja kovemmiksi ja rupesivat olemaan kiduttavia. Ben sanoi:

- En tiedä teistä, mutta minun aivoni eivät enää kestä tätä meteliä. Tässähän tulee hulluksi!
- Älä poista suojaa! Tuki korvasi! huusi Aida metelin käydessä sietämättömäksi.

Mutta Ben ei kyennyt enää. Hänellä oli ase, jota hänen piti kannatella, eikä hän siten voinut pitää sormia korvissaan. Hän poisti suojan silmiltään ja rupesi tulittamaan edessään olevaa Eufrosyneä. Eufrosynestä tuli hieman savua, mutta suuren, keskellä päätä olevan silmän kohdalta aukesi hitaasti tyhjä aukko. Ben odotti ja katsoi. Häntä todella kiinnosti, mitä tuon hypnotisoivan ja manipuloivan silmän takana oli ja laski asettaan hieman alemmas. Hetken oli aivan hiljaista. Sitten silmän mustasta aukosta tuli esiin jonkinmoinen pienempi silmä. Mutta sitten kaikki tapahtui äkkiä ja ennalta arvaamatta. Pienestä silmästä olio ampui yht'äkkiä valtavan, räjähtävän tulipallon ja se tuhosi Benin niin ettei hänestä jäänyt jäljelle kuin musta läntti maahan.

- Missä Ben on? Kysyi Aida. Mitä tapahtui?
- Häntä ei enää ole, vastasi Frans.

- Mitä me nyt teemme?! kysyi Aida hätääntyneenä.

- Mielestäni nämä olennot eivät ole yhteistyöhaluisia. Suosittelen meitä palaamaan alukselle ja lähtemään täältä niin pian kuin mahdollista, vastasi Frans määrätietoisena.

- Selvä. Lähdetään alukselle, sanoi Aida.

He kävelivät silmät peitettyinä ja heidän suurimpana pelkonaan oli, että Eufrosynet ampuisivat heidätkin maan tasalle. Heidän kuljettuaan jonkin matkaa tilanne ei helpottunut lainkaan. Naksuttava, piinaava ääni kuului koko ajan ja sitten se vain yltyi ja yltyi. He pitelivät korviaan ja nopeuttivat kävelytahtiaan niin paljon kuin vain pystyivät. Juuria oli kaikkialla ja heidän oli vaikea kävellä niiden päältä. Sitten Frans liukastui juureen ja kieri alas rotkoon jysähtäen sen pohjalle. Hän makasi paikallaan vähän aikaa ja nousi sitten ylös korjaten näkösuojaansa. Eufrosyne oli täysin hänen silmiensä edessä, mutta tällä kertaa ei kuulunut nakutusta. Eufrosyne yritti hämätä saalistaan. Mutta Frans vaistosi, ettei kaikki ollut kohdillaan ja otti aseensa esiin. Kun Eufrosynen lonkerot koskivat jo miltei hänen hartioitaan, hän alkoi ampua ja osuikin Eufrosyneen ja sai tämän putoamaan maahan. Hän meni katsomaan läheltä sitä ja uskaltautui kurkkaamaan näköesteensä alta. Eufrosyne makasi kumossa ja savusi ja siitä kuului kipinöintiä. Frans oli kyykyssä aivan vieressä ja kosketti sitä. Häntä kiinnosti, mikä ihme tämä olio oikein oli. Mutta vähän aikaa katseltuaan hän muisti Aidan ja lähti kipuamaan jyrkännettä pitkin ylös. Ase olallaan hänen siinä kivuttuaan ja puuskutettuaan jonkin matkaa alhaalla rotkossa makaava Eufrosyne nousi hiljaa pystyyn. Se olikin elossa, kenties se vain teeskenteli olevansa kuollut. Se katsahti Fransiin päin ja lähti vaanimaan tätä alhaalta käsin, äänettömänä ja höyryävänä. Se saavutti Fransin ja tuli aivan tämän lähelle vasemmalta puolen. Frans katsoi siihen ja vaikkei hän nähnytkään mitään, hän aavisti pahaa. Hän jatkoi kiipeämistään ja saapui harjanteen reunalle. Hänen juuri yrittäessään kivuta ylös tasanteelle Eufrosyne oli hänen edessään ja nakutti piinaavasti. Aivan kuin Frans olisi unohtanut koko näkösuojan, sillä hän katsahti Eufrosyneä silmästä silmään. Vain muutaman kymmenen sekunnin kuluttua Frans päästi irti aseestaan ja heittäytyi antautuneena ja voimattomana alas rotkoon. Häntä ei enää ollut.

Aida oli huutanut Fransin perään kauan ja yrittänyt etsiä tätä tuloksetta. Mutta sitten hän tuli rotkolle ja näki alhaalla sen pohjalla makaavan Fransin ja hänen sydämensä muljahti. Hän ei voinut myöntää tapahtumaa todeksi ja jatkoi itkien matkaansa kohti alusta Ambrosiuksen naukuessa kopassaan. Hän alkoi juosta ja hän huusi peloissaan tietäen olevansa nyt täysin yksin, vailla tukea. Yksin vieraalla planeetalla, jonka asukkaat olivat vihamielisiä. Aidan juostessa siniset pienet Bartolomeus-oliot tulivat jälleen hänen päänsä ympärille pörräämään ja sitten ne siirtyivät Escilluksen luo ja siitä edelleen Eufrosynien luo. Yksi Eufrosyne lähti nyt Aidan perään. Se nakutti ja nakutti ja paukahteli, pitäen kaikenlaista inhottavaa ääntä. Aida juoksi ja huusi, hän ei tahtonut mitään muuta niin paljon kuin päästä alukselle ja lähteä planeetalta äkkiä pois. Kaikki muu oli toissijaista. Hän pelkäsi, mutta onneksi hänessä oli myös määrätietoisuutta ja viisautta.

Kun Aida tajusi olevansa jo miltei aluksella, häntä seurannut Eufrosyne keskeytti matkanteon. Se piti hirveää mekkalaa ja asettui Aidan eteen. Aida kurkisti näköesteensä pienestä lovista ja näki Eufrosynen lonkerot ja varmistui siitä, että kyseessä todella oli Eufrosyne. Hän tajusi, mikä haaste hänellä oli edessään. Hänen sydämensä pamppaili lujaa ja pelko sai hänen kehonsa täyteen adrenaliinia. Häntä tärisytti ja hän huohotti. Hän otti Ambrosiuksen hitaasti kopastaan ja piti sitä sylissään. Hän muisti, kuinka Eufrosynet olivat pelästyneet kissan rääkäisyä ja ne olivat lentäneet tiehensä. Hän uskoi tähän kissaan. Kun Eufrosynen silmän alta alkoi paljastua pienempi silmä, sama, jolla se oli tuhonnut Beninkin niin ettei hänestä ollut jäänyt mitään jäljelle, Aida nosti Ambrosius-kissan päänsä korkeudelle ja piti sitä siinä. Ambrosius alkoi sähisemään ja mouruamaan ja se pörhisti turkkinsa kuin yrittäen löytää kauhistuttavimman olomuotonsa. Se paljasti terävät kyntensä ja irvisti Eufrosynelle täysin pelotta, valmiina hyökkäämään. Eufrosyne vaihtoi tavallisen silmänsä tilalle ja oli epävarma siitä, mitä tehdä. Se käänteli päätään puolelta toiselle ja sen lonkerot liikkuivat levottomasti sinne ja tänne. Sitten Ambrosius teki jotain, mitä Aida ei osannut odottaa. - Se hyppäsi. Se teki suuren loikan Eufrosyneä kohti ja osui etutassuillaan ja kynsillään siihen. Se raapi Eufrosynen silmän irti ja sai olennon tippumaan maahan ja siitä se ei enää noussut. Sen jälkeen Ambrosius sähisi vielä tovin ennen kuin palasi Aidan luokse. Aida otti tämän urhean kissan syliinsä ja näki tilaisuutensa tulleen. Hän juoksi Ambrosius kainalossaan alukselle ja pääsi kuin pääsikin perille. Kissa oli pelastanut hänen henkensä. Tuo vaatimaton, mystinen eläin. Ambrosiuksesta oli tullut sankari, oikea legenda.

Sisällä aluksella Aida silitti Ambrosiusta ja katseli ulos ikkunoista tiedostaen olevansa nyt turvassa. Mutta häntä itketti, koska oli menettänyt kaikki. Koko muun miehistön ja Fransin, johon hän oli ehtinyt ihastua, ellei jopa rakastua. Hän vajosi alas selkä kiinni seinässä ja antoi surun virrata lävitseen. Oltuaan paikallaan yli tunnin hän heräsi ajatukseen, että pääsisi pois planeetalta. Niinpä hän kokosi itsensä. Hänen oli pakko. Hän rupesi keskittymään aluksen ohjaamiseen pois.

Aida huomasi, että eräs tärkeä näytelaukku oli jäänyt pihalle. Siinä oli näyte, jonka hän oli unohtanut kokonaan. Hän puntaroi mahdollisuuksiaan ja päätyi lopulta siihen, että laukku oli haettava. Hän katseli taivaalle ja joka suuntaan, eikä Eufrosynejä näkynyt missään. Niinpä hän avasi oven ja kipitti nopeasti laukun luo, nappasi sen mukaansa ja kääntyi palataksen.

Mutta hän ei tiennyt, että Eufrosynet osasivat myös muuntautua läpinäkyviksi. Hänen juostessa kohti alusta oli yksi Eufrosyne hänen lähellään muuntautunut läpinäkyväksi ja siitä ei huomannut kuin ääriviivat, jos sitäkään. Se lensi nopeasti aluksen ovesta sisään, se kun oli jäänyt auki. Aida ei huomannut mitään ja meni itsekin sisälle. Sisällä Eufrosyne oli etsinyt itselleen piilopaikan vaatetelineen takaa. Siihen se jäi eikä pitänyt mitään ääntä. Aida laittoi takkinsa telineeseen ja sulki oven. Hän alkoi valmistautua lähtöön. Ambrosius oli kopassaan ja se vaistosi ventovieraan läsnäolon ja sähisi Eufrosyneä kohti. Aida luuli, että se oli vain stressaantunut, eikä pistänyt merkille mitään erityistä. Kissa parka oli vain kokenut kovia, niin hän ajatteli.

Aida puki avaruuspuvun päälle ja meni samalle paikalle, jossa Ben oli istunut. Hän lähetti viestin Maahan:

- Aida Lappalainen, Achatius. Päivä noin kahdeksan. Lähtövalmiina. Kaikki muut kuolleet. Eufrosynet ovat joko manipuloineet tai hypnotisoineet miehistömme jäsenet saaden heidät itsetuhoisesti lopettamaan elämänsä tai sitten ne olennot ovat ampuneet meitä. Eufrosyne on vaarallinen, pahaa tahtova olento emmekä tahdo enää tiedustella yhteistyökuvioista niiden kanssa, koska ne eivät vastaa positiivisesti. Lähden yksin Achatiukselta ja palaan toivon mukaan Maahan. Mainittakoon, että mukana ollut kissa, Ambrosius, on osoittanut sankaruutensa puolustamalla miehistöä rohkeasti. Se uskalsi jopa hyökätä kohti Eufrosynen silmää. Vailla epäilystä, vailla pelkoa. Se pelasti minut. Siksi olen nyt tässä kirjoittamassa.

Aida ei saanut takaisin vastausta Maasta. Yhteys oli ehkä katkennut. Mutta hän oli päättänyt lähteä heti liikkeelle. Niinpä hän oppimansa mukaan käynnisti aluksen ja lensi kauas avaruuteen katsellen alas haikeana. Mutta hän iloitsi siitä, että tuo kaikki oli ohi - ainakin niin hän luuli. Ambrosius sähisi ja Aida ihmetteli mikä oli vialla. Hänellä ei ollut pienintäkään aavistusta siitä, että hänen aluksellaan oli salamatkustaja - läpinäkyväksi muuntautunut Eufrosyne. Mutta matka jatkui ja Aida otti rennosti kuunnellen musiikkia ja syöden. Hän kuunteli Elvistä ja jorasi ja katseli Ambrosiusta, jolla yhä oli suupielet alaspäin.

- Nyt, koitappa nyt hieman piristyä, Aida sanoi kissalle. - Olemme päässeet matkaan ja vielä jonain päivänä sinä juokset vihreillä niityillä vapaana. Minä voin sinut jopa ottaa itselleni, jos se suinkin vain mahdollista on. Minusta tuntuu, että meidän on tarkoitus olla samaa perhettä. Toivottavasti sinäkin pidät minusta yhtä paljon. Voi minä odotan jo sitä, että pääsemme kotiin!

Ja niin Aida vajosi mielikuviin, jotka veivät hänet Maahan, kotiin. Hän oli yksinäinen, mutta Ambrosiuksen läsnäolo antoi hänelle voimaa. Hän keskittyi kyllä hyvin seuraamaan aluksen kulkua, joka oli puoliksi automatisoitu, mutta kaiken muun ajan hän oli ajatuksissaan kaukana poissa.

Aika kului ja kului. Eufrosyne pysyi piilossaan näkymättömänä eikä päästänyt sihahdustakaan. Aida oli onnellisen tietämätön sen olemassaolosta. Kissa oli ainoa, joka vaistosi piilevän vaaran ja se pysyi varuillaan koko pitkän matkan.

Kuukaudet kuluivat ja matka aluksella oli tulossa päätökseen. Maapallo näkyi jo hyvin ja oli aika laskeutua kotiplaneetalle. Aida teki tarvittavat toimenpiteet aluksella ja valmistautui kohtaamaan tämän rakkaan planeetan. Alus lähestyi Maan ilmakehää ja siihen tultuaan siitä jäi jäljelle vain olennaisin, ohjauskeskus. Siinä pienessä häkkyrässä Aida ja Ambrosius jatkoivat syöksykiitoaan ja alus syttyi tuleen ja loisti kirkkaana taivaalla. Ihmisiä oli tullut seuraamaan tilannetta ja he kiikaroivat maasta käsin taivasta läpi etsien laskeutuvaa Achatius-alusta. Aida ohjasi aluksen kahden tunturin väliselle tasaiselle maalle ja pienten teknisten ongelmien saattelemana hän onnistui. Alus pysähtyi juuri ennen maan pintaa. He olivat saapuneet Maahan. Aida hurrasi ja otti Ambrosiuksen syliinsä.

- Me teimme sen! huusi Aida kissalle ja halasi sitä. - Nyt sinä pääset syömään paistia ja vaikka mitä muuta herkkua. Sinä onnekas, ainutlaatuinen kissa!

Aida nauroi iloisesti. Hän ei nähnyt vielä ketään, mutta oletti että pian heidät tultaisiin noutamaan. Hän poisti avaruusasunsa jättäen sen alukselle, otti reppunsa ja kaiken tutkimustmateriaalin ja avasi oven. Pienet portaat avautuivat hänen eteensä ja hän käveli Ambrosius olallaan ulos. Hän heittäytyi maahan ja syleili vihreää nurmea. Ambrosius venytteli ja rupesi hieman rentoutumaan, mutta se yhä tiiraili taakseen alusta kohti. Se tiesi vaaran olevan yhä olemassa. Aidan ja Ambrosiuksen ottaessa rennosti näkyi kaukaa saapuva maastoauto ja se ajoi Aidan ja aluksen luo suht nopeaa tahtia.

Autosta astui ulos projektin johtaja ja hän asteli Aidan luo ja kätteli ja halasi tätä.

- Onnea, olet täällä, sanoi mies lämpimästi. Missä lienevät muut, mutta olen iloinen että selvisit hengissä. Ja näemmä kissakin on selvinnyt hyvin. Tule, mennään, kaikki odottavat sinua.

- Matka tosiaan oli täynnä kauheuksia ja menetimme melkein koko miehistön, sanoi Aida. Planeetta on ehdottomasti asuinkelvoton. Ne oliot eivät tahdo kuin pahaa! Ne lukevat ajatuksia ja hypnotisoivat ja manipuloivat.

- Saat kertoa koko tarinan jahka pääsemme tukikohtaan. Siellä on myös lehdistö, joka odottaa saavansa kelpo tarinan. Sen jälkeen kun olet raportoinut kaiken, pääset kotiisi lepäämään. Me voimme viedä sinut kyllä. Ota ihan rauhassa, olet tehnyt pitkän matkan ja nyt olet sankari ja tuo kissakin on sankari. Teidät kaksi halutaan kovin nähdä.

- Kyllä, kiitos. Lähdetään vain.

He menivät maastoautoon ja tavarat he laittoivat veto-ovelliseen tavaransäilytystilaan. Näkymätön Eufrosyne oli tullut täysin huomaamatta ulos aluksesta vaatetelineen takaa ja oli nyt Aidan vieressä. Sitten se pujahti sukkelaan auton tavaratilaan, jonka jälkeen ovi suljettiin. Tämä viheliäinen olento ei ollut antanut periksi ja mitä lie pahoja ajatuksia sillä oli yhä mielessään. Ambrosius oli Aidan sylissä ja tuijotti auton ohjaamon ja takaosan välissä olevien kaltereiden läpi. Se sähisi ja muuntautui ilmapalloksi tai miksi sitä näkyä nyt olisi voinut kutsua. Se aisti Eufrosynen ja olisi ollut valmiina hyökkäämään sen kimppuun. Sitä ei Eufrosyne kyennyt manipuloimaan. Ei, ei tätä rohkeaa kissaa.

He ajoivat tukikohtaan Sodankylään. Siellä heitä vastassa oli tietenkin lehdistö, joka otti kuvia ja huusi kysymyksiä ilmaan. Aida, Ambrosius ja projektin johtaja kävelivät salamavalomeren läpi. Ambrosius istui Aidan olalla. He saapuivat aluksen lähtölaukaisualueelle ja menivät sitten sisälle samaan paikkaan, jossa Aida oli saanut koulutuksen aluksen hallintaa varten. Hän käveli omaan huoneeseensa ja istahti sängylle ja piteli päätään. Koko seikkailu vilisi hänen päässään. Hän kävi antamassa lehdistölle pienen haastattelun, jossa hän kertoi miehistöä kohdanneesta todellisesta uhasta ja vaarallisista olennoista. Kuinka toiveet elinkelpoisesta uudesta asuinpaikasta olivat turhia. Ambrosius siristi silmiään ja pysyi visusti paikallaan

Aidan harteilla. Lehdistö suolsi kysymyksiä kysymysten perään mutta Aida lähti takaisin keskukseen, kun oli mielestään kertonut olennaisen. Sitten he kävivät tiimin kanssa läpi koko reissun, ainakin päällisinpuolin. Aida oli väsynyt ja kaipasi lepoa ja ruokaa ja he päättivät, että hän ja kissa saivat lähteä kotiin.

- Kissa on sinun, jos vain sen tahdot, sanoi johtaja. - En usko, että sille löytyy parempaa kotia.

- Selvä, no minä otan sen mielelläni, vastasi Aida ja rapsutti kissaa, joka yhä mökötti tämän olkapäällä. - Me lähdemme nyt.

- Aja tuolla maastoautolla, jolla tulimme, siellä on kaikki tavarasi, tässä on avain, sanoi johtaja ja heitti avaimet Aidalle. - Voimme toki viedäkin sinut.

- Kiitos, minä menen itse, vastasi Aida.

Aida lähti kissan kanssa ja ajoi kotiinsa. Siellä ei ollut ketään. Mies ja tytär olivat tiessään. Hän seisoi olohuoneessa liikkumattomana. Kellon tikitys kuului verkkaisesti. Sohva näytti mukavalta ja kutsuvalta. Hänen päässään vilisivät tapahtumat nopeasti kuin pikakelauksena. Hän päätti hakea tavarat sisälle ja päästi Ambrosiuksen vapaaksi. Hänen tietämättään Eufrosyne kulkeutui auton tavaratilasta sisälle taloon. Se meni makuuhuoneen nurkkaan piiloon ollen edelleen näkymätön. Ambrosius käveli Eufrosynen luo ja mourusi ja sähisi ja nosti karvansa. Sitä jatkui jonkin aikaa. Aida oli tullut makuuhuoneen sängylle lepäämään. Ambrosius meni Aidan viereen sängylle ja katseli Eufrosyneen päin viekkaana. He ehtivät torkkua hyvän tovin, kunnes ovi kävi. Se oli hänen miehensä Sakari ja tytär Kaisa.

- Hei! Äiti on tullut kotiin! huusi tytär Kaisa iloisesti ja juoksi Aidan luo. He halasivat pitkään ja hartaasti. Sitten Sakari tuli ja istui Aidan viereen sängyn reunalle ja halasi hänkin. Tunnelma oli rauhallinen ja onnen täyttämä. Kaisan riemu oli loputon ja hän alkoi kyselemään seikkailusta.

- Mitä siellä tapahtui? kysyi Kaisa.

- Kaikkea mahdollista, rakas. Niin hyvää kuin pahaakin, vastasi Aida.

- Kerro, kerro! tytär intti.

- Siellä oli olentoja, Aida sanoi. - Sellaisia, jotka eivät pitäneet meistä yhtään. Ne olivat ilkeitä.

Tytär katsoi ihmeissään, mutta mies ei sanonut mitään. Hän oli jo kuullut, että matka oli ollut rankka ja lohduton ja surullinen. Monien perheenjäsen oli menettänyt henkensä. Sitten hän avautui:

- On se vaan niin hyvä, että sinä olet nyt siinä, hän sanoi. Minä olen onnekas. Moni muu ei ole niinkään. Ajatella heidän perheitään nyt. Ne olivat vieneet heidän omaisilleen surunvalittelut ja kukat. Osalla oli lapsiakin kuten meillä.

- No, minä olen nyt tässä, sanoi Aida. - Kaiken sen jälkeen. En tiedä, mitä kaikkea olet kuullut ja mitä et. Mutta voin kertoa koko tarinan jos jaksat kuunnella.

- Toki minä tahdon kuulla kaiken.

Ja niin Aida kertoi koko tarinan tyttärelleen ja miehelleen. Lähtien lähtölaskennan jännittävistä hetkistä aina hurjiin seikkailuihin Achatiuksella. Oli jo myöhä, kun hän sai kaiken kerrottua ja he olivat kaikki väsyneitä ja halusivat mennä nukkumaan. Niinpä talo oli pian hiljainen ja kuului vain tyytyväistä kuorsausta. Tytär nukkui omassa huoneessaan ja Aida miehensä vieressä.

Oli yö. Aida nukkui levottomasti hänen prosessoidessa tapahtumia. Hän kuunteli kellon tikitystä ja vaihtoi asentoaan. Sitten yht'äkkiä keskellä yötä hän kuuli hirveimmän äänen, jonka tiesi. - Se oli Eufrosynen naksuttava ääni! Aida peitti kuin tottumuksesta silmänsä käsillään ja nousi kuin vieteri istumaan. Hän tiiraili eteensä ja näki

Eufrosynen noin pään korkeudella katsomatta kuitenkaan tätä sen kauheaan silmään. Eufrosyne oli jälleen näkyvä! Sen läpikuultava, harmaa olemus oli kammottava. Sen lonkerot liehuivat ilmassa kuin kastemadot ja sen ääntely oli yhtä kidutusta! Aida meni sängyn alle piiloon ja värisi pelosta. Hirvittävä naksutus sen kuin jatkui ja jatkui. Mies Sakari ei herännyt meteliin, vaan jatkoi uniaan. Aida ei voinut ymmärtää, miten oli mahdollista, että tämä menneisyyden hirviö oli nyt hänen makuuhuoneessaan. Mikään ei tuntunut enää selkeältä. Sitten kuului karjaisu. Ambrosius oli hypännyt sängylle ja seisoi tanakasti näyttäen taas suuremmalta kuin olikaan. Se sähisi ja oli valpas. Sen kynnet ja hampaat olivat terävät ja se oli selvästi valmiina hyökkäykseen. Sitten se loikkasi. Sen loikkaus oli valtava ja se hyppäsi suoraan Eufrosynen kimppuun, kaikilla voimillaan.

Mitä tämä urhea katti saikaan aikaan, se jääköön nähtäväksi. Mutta sanottakoon, että se oli vallan mainio katti!

Kaukana täällä, vieraalla jäällä, kulkee asukas Maan.
Kohtaloaan ei tiedä, pelkoaan ei siedä, nyt aika uuteen seikkailuun on vielä!

Maalaus Bob-kissasta (Ambrosius):
Risto Kajo

Kirjailija Maaria Laiho syntyi Vaasassa 1983. Kirjoittamisen lisäksi hän on myös kuvataiteilija ja muusikko.

Laiho on eläinrakas ja Ambrosius-novellin päähahmokin on saanut ilmeensä Laihon Bob-kissasta.